AF358027

VENTE

Le Vendredi 24 Juin 1910

HOTEL DROUOT, Salle N° 11

à deux heures et demie

ATELIER

DE

Don Carlos Luis de Ribera

COMMISSAIRE-PRISEUR :

Mᵉ André DESVOUGES

EXPERTS :

M. Henri HARO

M. Loys DELTEIL

CATALOGUE

DES

Tableaux

Gouaches

Dessins, Gravures & Recueils

COMPOSANT L'ATELIER

DE

Don Carlos Luis de Ribera

DONT LA VENTE AURA LIEU

Hôtel Drouot, Salle n° 11

Le Vendredi 24 Juin 1910

à deux heures et demie

EXPOSITION PUBLIQUE : le Jeudi 23 Juin 1910

de deux heures à six heures

COMMISSAIRE-PRISEUR :

Mᵉ André DESVOUGES

Sucʳ de Mᵉ Maurice DELESTRE

26, rue Grange-Batelière, 26

EXPERTS :

POUR LES TABLEAUX :	POUR LES DESSINS, GRAVURES ET RECUEILS :
M. Henri HARO	**M. Loys DELTEIL**
PEINTRE-EXPERT	ARTISTE-GRAVEUR-EXPERT
14, rue Visconti et rue Bonaparte, 20	2, rue des Beaux-Arts, 2

TABLEAUX

TABLEAUX

ŒUVRES DE RIBERA

(DON CARLOS LUIS DE)

1 — *La Conquête de Grenade par le roi Ferdinand V et la reine Isabelle (1492).*

Sur une petite colline en face de la ville, le roi, la reine
et leur suite sont à genoux et font résonner la campagne
de leurs cris et de leurs chants pour célébrer la prise de
Grenade. Au milieu du tableau se trouve la reine, vêtue
d'un grand manteau rouge à fourrure d'hermine; à sa
droite, le roi Ferdinand V en armure, puis le prince don
Juan et ses sœurs ainsi que les marquis de Cadix et de
Vilenna; plus loin le restant de la famille royale, les pages
et les chevaliers de la cour : les comtes de Tendilla et
d'Urena, le marquis de l'Aguilar, Garciloso de la Vega, le
duc de l'Infantado, le comte de Cabra, Gonzalo de Cor-
doba, Herman Peres de Pulgar, le comte de Cifuentes et
les Maures passés au christianisme : le caïd Hiaga et le
caïd Mohamed.

A gauche, un groupe de prêtres et d'enfants de chœur
chante des psaumes; parmi eux on reconnaît le cardinal

Mendoza, don Hernando de Talavera, derrière Christophe Colomb et le père Marchena.

Au fond et à gauche, dominée par l'Alhambra et la tour de la Vela, s'étage la ville de Grenade avec l'église Saint-Sébastien et différents monuments.

Ce tableau a été fait pour la reine Isabelle II.

Toile. Haut., 3 m. 02 ; larg., 5 m. 82.

2 — *Esquisse pour le grand tableau de la prise de Grenade.*

Carton. Haut., 27 cent ; larg., 50 cent,

3, 4, 5, 6 — *Quatre panneaux se faisant pendant, représentant des sujets tirés de l'histoire de Don Quichotte.*

Mesure de chaque tableau. Toile. Haut., 1 m. 30. ; larg., 93 cent.

7 — *L'Immaculée Conception.*

Toile. Haut., 2 m. 08. ; larg., 1 m. 46.

8 — *Vue de Grenade.*

Toile. Haut., 40 cent. ; larg., 57 cent.

9 — *Cinq études pour la décoration de la Chapelle de la Vierge dans l'église de San Francisco el Grande, à Madrid.*

Gouaches.

10 — *La Tentation de Saint-Antoine.*

Gouache forme éventail.

Signé au milieu et daté 1876.

11 — *Carnaval de Venise.*

Copie d'après Tiepolo.

Toile. Haut., 36 cent.; larg., 73 cent.

RIBERA

(DON JUAN)

12 — *Tête de Lion.*

Toile. Haut., 54 cent.; larg., 64 cent.

RIBERA

(DON JUAN)

13 — *Mariage de Marie de Médicis.*

Copie d'après Rubens.

Toile. Haut., 46 cent.; larg., 35 cent.

RIBERA

(DON JUAN)

14 — *Couronnement de Marie de Médicis.*

Copie d'après Rubens.

Toile. Haut., 44 cent.; larg., 83 cent.

BARROCHIO

15 — *La Nativité.*

Toile. Haut., 74 cent.; larg., 1 m. 01.

ÉCOLE HOLLANDAISE

16 — *L'Offrande*.

Bois. Haut., 50 cent.; larg., 64 cent.

RAPHAEL

(COPIE D'APRÈS)

17 — *La Mise au Tombeau.*

Toile. Haut. 1 m. 75; larg., 1 m. 78.

18 — *Sous ce numéro seront vendus les Tableaux, Gouaches, Dessins et Gravures non catalogués.*

ESTAMPES, DESSINS
RECUEILS

DAVID

(LOUIS)

?

19 — *Cahier d'études pour diverses compositions de maître, notamment les « Sabines », le « Serment du Jeu de Paume », « Léonidas aux Thermopyles »,* etc., 53 feuillets.

GOUACHES

20 — *Deux Paysages avec figures.*

PIRANESI

(G.-B.)

21 — *Le Antichita Romane opera del Cavaliere Giambattista Piranesi.* — Rome, 1784, tomes 1, 2 et 4. — 3 vol. in-fol. cart.

ROSA

(SALVATOR)

22 — *Série de LXXXV disegni... compositi del celebre pittore Salvator Rosa.* — Rome, 1780. — 1 alb. in-fol., épr. tirées en sanguine.

RIBERA

(C.-L. ET J. DE)

23 — *Carnets d'études et feuilles de croquis.*

RECUEILS

24 — *Collection of Engravings from ancient vases...
sir Wm Hamilton.* — Naples, Tischbein, 1791.
4 vol. in-fol., cart.

25 — *Il Museo Pio Clementino discritto de Giambattista Visconti.* — Rome, 1782, 6 vol. in-fol.,
cart.

26 — *Pitture antiche, candelabri..., etc., d'Erca-
lano.* — Naples, 1792, 9 vol. in-fol., cart.

27 — *Sous ce numéro, il sera vendu un certain
nombre de Dessins, Estampes et Recueils.*

17626. — Lib.-Imp. réunies, 7, rue Saint-Benoît. Paris.